AF309644

LES

ÉLUCUBRATIONS

D'UN BISAÏEUL

DESTINÉES, COMME SOUVENIR, A SES DEUX

ARRIÈRE-PETITS-FILS

LOUIS B** ET GABRIEL M**

O voi ch' avete gll' intellecti sani,
Mirate la dottrina che s'asconde
Sotto'l velame dei versi strani.

DANTE.

(O Vous, qui possédez un entendement sain,
Pénétrez-vous du sens qui se cache à dessein
Sous le voile emprunté de ce langage étrange.)

LODÈVE

TYPOGRAPHIE DE GRILLIÈRES

—

1863

LES

ÉLUCUBRATIONS

D'UN BISAÏEUL

LES
ÉLUCUBRATIONS
D'UN BISAÏEUL

DESTINÉES, COMME SOUVENIR, A SES DEUX

ARRIÈRE-PETITS-FILS

LOUIS B** ET GABRIEL M**

Par V.-M.-T HERSVEN

LODÈVE

TYPOGRAPHIE DE GRILLIÈRES

—

1863

LES

ÉLUCUBRATIONS

D'UN BISAÏEUL

ÉGLOGUE

ALEXIS

Le berger Corydon ne pouvait se remettre
Du trouble où le laissait du favori du maître
Le dédaigneux accueil. Il venait, éperdu,
Dans un massif d'ormeaux, à leur ombre assidu,
Et là, seul, il jetait aux rochers, à la plaine,
Les cris d'un cœur troublé par une attente vaine.

Ma voix n'a pas d'accent; cruel, pour t'attendrir,
Disait-il; Alexis, tu me feras mourir !....
A l'heure que voici tout troupeau chôme à l'ombre
Et tout reptile glisse au fourré le plus sombre.
Même les moissonneurs de sueur tout trempés
Sont, grâce à Thestylis, autour d'un plat groupés.

Moi seul, quand tout trémousse au cri de la cigale,
Sous l'ardeur d'un soleil que mon ardeur égale,
Moi j'explore tes pas. Ouf ! que d'Amaryllis
N'ai-je su, plus prudent, me façonner aux plis !
Ou m'attendre à Ménalque, enfin, quoique mulâtre,
De préférence à toi, malgré ton teint d'albâtre !

Bel enfant ! n'attends pas de la couleur du teint
Par folle confiance un tout autre destin.
Le lys, tout blanc qu'il est, sur pied sèche et s'effeuille.
Le vaciet est noir, et pourtant on le cueille.

Que ne t'informes-tu, dans tes dédains gratuits,
De mes nombreux troupeaux et de leurs beaux produits.

Mes brebis, tout au moins, vont au nombre de mille
Errer, sous ma houlette, aux plateaux de Sicile ;
Un lait toujours nouveau, coulant à volonté,
Abonde sous mes doigts, l'hiver comme l'été.
Et puis, l'air que chantait Amphion sur sa lyre,
Appelant au logis ses bœufs, je le sais dire.
Eh ! ne suis-je pas bien ; au bord d'un clair ruisseau,
L'autre jour, je me vis au transparent de l'eau.
J'oserais, sous tes yeux me poser en modèle,
Au défi de Daphnis, si l'onde fut fidèle.

Oh ! qu'avec toi j'irais volontiers au désert,
Humble habitant du chaume à tous les vents ouvert,
Emprunter pour houlette à la mauve une gaule,
Et dans un sol ingrat ficher des pieux de saule.
Sous l'ombrage avec moi tu viendrais t'essayer
Au chalumeau de Pan, qui sut, tout le premier,
Dans plusieurs tuyaux joints à l'aide de la cire,
Trouver la mélodie où la candeur soupire.

Pan, gardien des troupeaux, l'est aussi des bergers.
Tu n'aurais pas à craindre, à ses tuyaux légers,
De blesser, en soufflant, tes lèvres assouplies.

Oh ! qu'Amynte fesait pour cela des folies !

Ma flûte aux sept tuyaux d'inégale longueur,
Je la tiens de Damette, et je m'en fais honneur.
En me l'offrant il dit, d'une voix presque éteinte,
A toi, pour second maître, et ce drôle d'Amynte
En fut jaloux.... De plus, j'ai surpris dans le flanc
D'un rocher, deux chevreuils, le poil jaspé de blanc;
Pour toi je les réserve, et ma brebis fidèle,
Par deux fois, chaque jour, leur prête une mamelle.
Veilles-y.... Thestylis, qui les couve des yeux,
Les aura, si tu fais toujours le dédaigneux.

Bel enfant, viens ici; les nymphes empressées
Pour toi chargent de lys leurs corbeilles tressées.
La candide Naïs, pour te plaire à son tour,
D'un choix de fleurs formant le suave contour
D'un bouquet, entremêle, avec quelque artifice,
La pâle violette au pavot, le narcisse
A l'anet odorant.... Charmant faisceau de fleurs,
Dont le brillant souci relève les couleurs.

Et moi j'irai cueillir, sans que ton goût s'en plaigne,
Le coing au blanc duvet et la blonde châtaigne.
Dont mon Amaryllis aimait tant la saveur.
La prune jaune aussi briguera cet honneur.
Et vous, laurier et myrthe, arbrisseaux sympathiques,

D'accord, vous confondrez vos senteurs balsamiques.

Eh bien ! tu n'es qu'un rustre, avec ça, Corydon.
Voilà tout ce qu'au fait tu peux produire en don
Pour chauffer d'Alexis la froide indifférence,
Et du rogue Yolas affronter l'assurance !
Ah ! dans l'état piteux où je me vois réduit,
De mon égarement, hélas, quel est le fruit !
Aux pourceaux j'ai livré le cristal des fontaines
Et l'incarnat des fleurs aux brûlantes haleines !
Qui fuis-tu, jeune fou ? sais-tu bien qu'autrefois
Dardanus et les Dieux ont fréquenté les bois.
Que Pallas, dans l'orgueil de son art, se complaise
Au sein des bastions...! Moi je ne suis à l'aise
Qu'à l'ombre des forêts. Chacun vise à son goût.
La lionne s'attache aux vestiges du loup ;
Le loup court à la chèvre, et la chèvre au cytise ;
Alexis ! c'est ainsi qu'à toi seul mon cœur vise.

Vois, déjà le soleil, comme atteint de langueur,
De l'ombre en déclinant étale la longueur ;
La charrue, à l'envers liée au joug d'érable,
Retourne avec les bœufs au repos de l'étable.
Mais le calme est-il fait pour l'homme en son labeur !

Des aspirations le feu brûle mon cœur.

Corydon! Corydon, quelle est donc ta folie ?
Eh quoi! ta vigne et l'orme où le pampre se lie
Rien qu'à demi taillés.... Ah ! de jonc et d'osier
Fais plutôt, s'il le faut, un ouvrage grossier.
Et si cet Alexis dans ses dédains s'obstine,
Voici venir celui que le Ciel nous destine.

FABLE

LE LION ET LE VAUTOUR

Un lionceau venu de la Lybie,
  Poussé par l'instinct carnassier,
  S'acharnait aux flancs d'un coursier,
 Epave, atteint au sol de l'Arabie.
C'était depuis longtemps son régal le meilleur.
Un vautour, né vorace et quelque peu railleur,
Voyant d'un œil jaloux cette belle curée
  Sur le point d'être dévorée :
» Avec tout le respect que je vous dois, Seigneur,

» Dit-il, souffrez qu'ici sans détour je m'explique.

     » Vous mangez trop gloutonnement ;

  » Dans l'intérêt de la chose publique,

» Modérez, s'il vous plaît, l'appétit qui vous pique ;

  » Car on se doit quelque ménagement

» Alors qu'on a l'honneur d'un grand commandement.

     » Et votre Altesse phrygienne

    » Sait trop bien qu'en fait d'hygiène

» Manger sans boire est d'un danger

» Aussi grand que celui de boire sans manger.

  » D'ici, d'ailleurs, j'aperçois les rivages

« D'un ruisseau qui murmure entre de frais ombrages,

« Où l'on va....» C'est assez, repartit le lion ;

L'eau n'est pas nécessaire à ma digestion.

Est-ce bien l'intérêt général qui te touche

Ou le soin d'humecter mon gosier, fût-il sec ?

Vraiment !.. l'eau te viendrait un peu moins à la bouche

    Si tu tenais la proie au bec.

ÉGLOGUE

LYCIDAS ET MÉRIS

LYCIDAS.

Méris, est-ce à la ville où la route aboutit
Que s'adressent tes pas ?

MÉRIS.

       Lycidas, qui l'eût dit,
Qu'un jour il m'adviendrait, à moi, courbé par l'âge. .
Ce sont là, de tes tours, ô fortune volage !....
A moi, dis-je, d'aller, contraint et désolé,

Lui porter ces chevreaux…. Ah ! qu'il en soit troublé
L'intrus, qui, s'emparant du champ qui m'a vu naître,
Disait : déguerpissez, vieux colon, place au maître.

LYCIDAS.

Je m'étonne, Méris, car il m'est revenu
Que votre cher Ménalque a pourtant obtenu,
A la faveur des vers de sa muse facile,
Le retrait du manoir, modeste et doux asile
Qu'on voit d'ici s'étendre à partir du coteau
Par une pente douce aboutissant à l'eau
Jusqu'à la borne, tronc mutilé d'un vieux hêtre.

MÉRIS.

Ce bruit, ô Lycidas, avait sa raison d'être.
Averti que j'étais du péril menaçant
Par les cris d'un corbeau sur ma gauche coassant
Qu'aurait pu, dis-le moi, la colombe timide
Sous la serre d'acier de l'aigle au vol rapide ;
Ce que pourraient nos vers au milieu des combats,
Vaine sonorité, s'ils ne les chantaient pas.
Ni Méris, ton ami, ni Ménalque lui-même,
Hélas ! ne seraient plus sans l'heureux stratagème.

LYCIDAS.

Je tremble au seul penser qu'un si grand attentat

Aurait pu s'accomplir par le fer d'un soldat.
Quoi, Ménalque, tes jours et notre joie ensemble
Auraient été ravis d'un seul coup ? Ah, je tremble.
Qui donc aurait chanté les nymphes aux yeux doux,
Et l'onde qui gazouille en frôlant les cailloux
Sous les ombrages verts de deux rives fleuries
Dont les mille détours font verdir nos prairies.
Qui, comme toi, dirait, avec ce goût charmant,
Les vers que mon oreille a saisi vaguement,
Comme tu les chantais l'autre jour sur la route
Que tu suivais joyeux, allant voir, je m'en doute,
La belle Amaryllis. Ils commençaient ainsi :
« Tytire, je ne vais qu'à quelques pas d'ici,
» Et jusqu'à mon retour à tes soins je confie
» La garde du troupeau, son salut et ma vie.
» Repu, mène-le boire, en évitant surtout
» Le bouc, qui, de la corne, aime à frapper partout. »

MÉRIS.

Eh ! les vers pour Varus, quoique ébauchés à peine,
N'en ont pas moins du goût la touche souveraine :
« Les cygnes, dans leurs chants nobles et gracieux,
» O Varus, porteront ta gloire jusqu'aux Cieux,
» Si tu fais que Mantoue échappe à la ruine
» De la pauvre Crémone, ah ! de nous trop voisine. »

LYCIDAS.

Méris, que tes essaims fuient l'if dangereux

Et que le doux cytise, arbrisseau savoureux
Gonfle de lait le pis de ta vache féconde !....
Mais, dis-moi cependant, au gré de ta faconde
Quelques vers, s'il t'en reste encor le souvenir.
Les Piérides, aussi, m'ont fait quelque avenir
De renom de poète .... ou du moins au village
Ça se dit, sans m'en faire accroire davantage ;
Car cet honneur n'est dû qu'au chant mélodieux
Du cygne et pas au cri de l'oison odieux.

MÉRIS.

Pour te complaire, ami, je fouille en ma mémoire.....
Voici quelques vers, miens; j'aime à m'en faire gloire:
« Charmante Galatée, oh ! quelle est ton erreur
» De te faire de l'onde un voile de pudeur.
» Les abords des ruisseaux sont tout pleins de malices ;
» Viens ici, le printemps a bien d'autres délices.
» De ses prodigues mains il a jonché de fleurs
» Nos prés resplendissants des plus riches couleurs.
» La vigne, ici, pimpante, et souriante, et souple,
» Aux ombrages divers s'entrelace et s'accouple.
» Ici, le peuplier couvre d'un manteau blanc
» La grotte qui recèle un mystère en son flanc.
» Viens ici, belle nymphe, et laisse les ondées
» S'attaquer follement aux roches dénudées. »

LYCIDAS.

Les vers que tu chantais par une belle nuit,
Seul l'air m'en est resté; les paroles m'ont fui.

MÉRIS.

« Daphnis, dans quelle vaine et puérile attente
» Suis-tu d'un œil troublé toute étoile filante
» Qui brille et disparaît au souffle du hasard.
» Considère plutôt l'étoile de César ;
» Cet astre, dont les feux bienfaisants, dans nos plaines,
» Font jaunir les épis, mûrir les grappes pleines.
» Daphnis, plante au profit du plus doux de tes vœux
» L'arbre qui doit nourrir tes arrière-neveux... »

L'esprit, comme le corps, tout s'affaiblit par l'âge ;
Plus jeune, j'aurais pu t'en dire davantage ;
Alors on se sentait plein de sève et de feu,
D'un bout de jour à l'autre on se fesait un jeu
De chanter ; maintenant, je manque de mémoire,
La voix même s'enfuit, au point de laisser croire
Que le loup, le premier, m'a vu de son regard ;
Menalque, au demeurant, te les dira plus tard.

LYCIDAS.

Méris, cette défaite, en flattant mon attente,
Loin d'en calmer l'ardeur au contraire l'augmente.
Voici que pour t'ouïr, tout se tait à la fois,
Et les vents dans leur souffle et les flots dans leur voix.
D'ailleurs, de Bianor la sépulcrale voûte
Nous signale déjà la moitié de la route.

2

Quitte ici tes chevreaux sur ce feuillage frais,
Qu'on dirait pour la halte émondé tout exprès.
Ici, nous chanterons sur le mode facile,
Sauf à reprendre enfin le chemin de la ville.
Cependant, si tu crains l'air humide du soir,
Poursuivons notre route au lieu de nous asseoir.
De la marche en chantant on adoucit la peine ;
Moi je t'allégerai du fardeau qui te gêne.

MÉRIS.

Cesse de me presser, jeune homme, en ce moment,
Je suis trop sous le coup de mon ressentiment.
Nous aurons plus d'entrain, quand Ménalque lui-même
Viendra chanter les vers qu'ici tout le monde aime.

FABLE

LA COALITION DES ABEILLES

Alors qu'au sein des prés, dans les bois, sur la grêve,
Tout souffle est un parfum, tout arbuste une fleur,
Au printemps, pour parler d'une façon plus brève,
D'abeilles un essaim, jeune, ardent, querelleur
Et, je crois, mécontent du taux de son salaire,
    Dans un mouvement de colère,
      Un beau matin,
En grappe se groupant et les ailes pliées,
Refusa de se mettre en quête de butin

Auprès des fleurs, sur leur tige oubliées.
Ainsi Rome, ton peuple, inconstant et mutin,
Un jour, se retira sur le mont Aventin.
Pour se coaliser, soit raison, soit caprice,
Que sais-je ! le moment n'était guère propice ;
Mais, voilà que c'était la mode, et trop souvent
La foule s'abandonne au souffle de ce vent.
Tandis que à l'étourdie, hélas! nos jeunes folles
  Livraient à la merci du sort
  Pistils, étamines, corolles,
Riche tribut dont s'enflait leur trésor ,
Des pucerons l'engeance familière,
  Usurpatrice fourmilière,
Sur les buissons fleuris, sur les frais espaliers,
A leur aise suçaient le miel des fleurs écloses,
  Et les rustiques ateliers,
  Les ruches vides restaient closes.
  De jour en jour plus violent,
Le malaise, d'abord, fit sentir ses étreintes,
 Et puis, parmi notre essaim turbulent,
Sourdement circuler les regrets et les craintes.
La mère-abeille alors, saisissant l'à propos,
Leur dit : dans les ennuis de l'imprudent repos
Que nous nous sommes faits à notre grand dommage,
Gardons-nous de laisser échapper les beaux jours;
Long temps assurément, et peut-être toujours,
Nous nous ressentirions de ce fatal chômage.
Enfants, n'attendez pas que l'arrière-saison
Transforme en fruits amers les fleurs, notre moisson.
Au ciel j'ai vu le signe annonçant ce présage.

Hâtez-vous, le temps presse; il n'est d'autre recours,
Après Dieu, que dans soi. Le conseil parut sage,
Et, sans prêter l'oreille à de plus longs discours,
Prenant, comme l'on dit, à deux mains leur courage,
Les filles d'Aristée, ardentes à l'ouvrage,
Firent si bien de leur trompe, en tous sens,
      Que, leur épargne une fois pleine,
Le miel en flots dorés ruisselait dans la plaine,
      Au profit même des passants.
Assidu compagnon de l'ordre et du bon sens,
Le travail est aussi le père du bien-être
Pour chacun, et pour tous, quand on sait si soumettre.

ÉGLOGUE

TYTIRE ET MÉLIBÉE

MÉLIBÉE.

Aux modulations d'un nouvel air champêtre,
Tu rêves, toi, Tytire, à l'ombre, au pied d'un hêtre.
Moi, je quitte ces bords pleins de doux souvenirs...,
Je m'expatrie !... et toi, calme au sein des loisirs,
Tu fais d'Amaryltis redire au bois les charmes.

TYTIRE.

O Mélibée, un Dieu m'a soustrait aux alarmes ;

C'est pourquoi je lui voue, à titre d'immortel,
A jamais un agneau choisi pour son autel.
Grâce à lui, mes brebis, tu vois, couvrent la plaine,
Et moi-même, je chante à pleine voix, sans gêne.

MÉLIBÉE.

Je ne suis point jaloux, mais ce qui me confond
C'est ton flegme au milieu du désordre profond
De nos champs agités. Ces chèvres, moi, tout triste,
J'en active la marche, et celle-ci résiste.
La pauvre, ayant mis bas tout à l'heure aux ormeaux,
Elle fuit, ah! l'espoir du bercail, deux jumeaux
Sur le caillou laissés.... Ce sort que je déplore
J'aurais du m'en douter,... car il me semble encore
Entendre le cric crac des chênes foudroyés
Et la voix des corbeaux sur ma gauche envoyés.
Mais dis-moi, cependant, quel est ce Dieu, Tytire?

TYTIRE.

Mélibée, à ma honte, oserai-je le dire,
La ville, tu sais, Rome, en ma simplicité,
Je me la figurais pareille à la cité
Où, nous autres bergers, allons suivant l'usage
Nous défaire du croît au profit du laitage.
Bah! c'était niveler au faible le puissant,
Comme je fais, la chèvre au chevreau bondissant;

Mais, sur toute autre ville, autant Rome l'emporte
Que l'orgueilleux cyprès sur la viorne accorte.

MÉLIBÉE.

Et quel attrait te fit à Rome ainsi courir?

TYTIRE.

La liberté, qui vint à mes regards s'offrir
Dans ma longue apathie, à l'âge où, déjà blanche,
La barbe tombe, hélas, sous la main qui la tranche.
Du joug de Galatée à peine soulagé,
Et quoique Amaryllis d'ailleurs m'eût rengagé,
La liberté que j'ai si long-temps méconnue
Fut, dès ce moment-là, pourtant, la bienvenue.
Vraiment, sous Galatée, à t'en faire l'aveu,
Mon cœur, tout dénué d'élan, était sans feu
Pour cette liberté que la fatigue appelle.
En vain dans mon bercail le sang à flots ruisselle,
Et le lait s'y façonne en bons fromageons frais;
De l'ingrate cité mains vides je rentrais.

MÉLIBÉE.

Amaryllis, voilà pourquoi, seule, isolée,
Tu t'adressais au ciel, plaintive, désolée,

Et ta main laissait pendre au rameau jaunissant
Le fruit prêt à cueillir : Tytire était absent.
Tout t'invoquait, Tytire, ici sur cette rive,
Même le pin vivace et l'onde fugitive.

TYTIRE.

Qu'aurai-je fait ailleurs! sans pouvoir m'affranchir
Ni m'approcher d'un Dieu si facile à fléchir.
Oui, c'est là que j'ai vu ce héros magnanime
A qui, douze fois l'an, j'immole une victime ;
C'est là qu'après m'avoir un moment écouté :
« Ramenez, » m'a-t-il dit, de suite avec bonté,
« Comme par le passé, vos bœufs au pâturage,
» Et réglez des taureaux l'impétueux courage. »

MÉLIBÉE.

Heureux vieillard, ainsi te voilà possesseur
Reconnu du manoir où se complaît ton cœur ;
Bien qu'un roc d'une part, de l'autre un marécage,
En gène le parcours et nuise à son pacage.
Du moins, pour tes brebis déjà mères, l'appât
D'un pâtis hasardeux ne les troublera pas ;
Ni d'un troupeau suspect, dont l'approche est à craindre,
Le mal contagieux ne pourra les atteindre.
A l'ombrage et non loin des flots, vieillard heureux,
Ici, tu jouiras d'un calme religieux.

Sous l'œil de ton Dieu Terme, à l'ombre qui bourdonne,
Ici, tu dormiras à ce bruit monotone.
Ici, du pied du roc, l'émondeur diligent
Jettera dans les airs la verdeur de son chant.
Même au plus haut de l'orme, ici la tourterelle,
Viendra gémir encore, en frissonnant de l'aile ;
Tandis que sous ta main les ramiers, tes amours,
D'un son guttural-doux roucouleront toujours.

TYTIRE.

Iraient plutôt les cerfs paître dans les nuages,
Les poissons frétiller à sec sur les rivages,
Ou, pour boire à leur soif, échangeant de chemin,
A la Saône le *Parthe*, au Tigre le *Germain*,
Avant que du héros l'image révérée
De mon cœur à jamais s'effaçât altérée.

MÉLIBÉE.

Mais nous, d'ici, les uns nous irons, en exil,
De la soif africaine essuyer le péril ;
Les autres, aux confins de la Scythie aride,
En Crète sur les bords de l'Oaxe rapide,
Et jusqu'au bout du globe, apitoyer l'orgueil
Des *Bretons* acculés comme aux flancs d'un écueil.
Ne pourrai-je jamais, après ma longue peine,
De retour au pays, saluer mon domaine,
Et contempler encor durant quelques moissons

L'abri du pauvre fait d'un amas de gazons.
Ce champ, dont un labeur assidu fit ma joie,
D'un impie étranger va devenir la proie;
Un barbare obtiendra le fruit de mes sueurs !
Voilà de la discorde où mènent les fureurs !
Ah ! voilà donc pour qui ma moisson est tombée !
Va, greffe maintenant tes poiriers, Mélibée,
Sème..., plante... ô douleur !... troupeau jadis heureux,
Mes chèvres, fuyez loin de ce tumulte affreux.
Désormais, de la grotte où j'aimais à m'étendre,
Je ne vous verrai plus au lointain vous suspendre,
Ni brouter sous ma garde, au son du chalumeau,
Du cytise la fleur, du saule le rameau.

TYTIRE.

O Mélibée, ici que la nuit te retienne;
Sur le feuillage frais j'ai ma couche et la tienne;
Et nous avons aussi les fruits de la saison,
Pomme douce et châtaigne, et laitage à foison.
Déjà de l'âtre au loin flottent les vapeurs sombres,
Et des sommets voisins tombent les longues ombres.

FABLE

LA MER ET LE ROCHER

Que je te plains ! disait à la vague agitée
Le roc battu par l'ouragan des mers.
Je ne m'étonne plus si tes flots sont amers
Et si tu viens te briser, irritée,
Contre mes flancs d'écume tout couverts.
    Le mal aigrit le caractère;
Quoique immobile et froid, à l'aspect émouvant
    De ta misère,
J'en suis ému, la preuve en est à mon cratère.

Pauvre jouet des caprices du vent,
Oui, je te plains; car enfin à tes peines
Il n'est de trève, hélas! ni le jour ni la nuit,
Image d'un forçat qui secoue à grand bruit
Le poids horrible de ses chaînes.
Quand verras-tu changer un destin si cruel?
La mer en clapotant répondait à la roche :
Dans ce tendre intérêt perce un bon naturel,
Malgré la dureté de cœur qu'on te reproche.
Pour autre cause, va, réserve ta pitié;
Ton immobilité n'a rien qui me déplaise,
Et, crois-le bien, c'est par pure amitié
Si je viens nuit et jour caresser ta falaise.
Ma vie est dans le mouvement
D'un éternel balancement.
En quoi cela peut-il paraître étrange?
Le calme me déplaît autant qu'il me dérange;
Pourquoi demanderai-je au ciel un autre sort?
Faut-il te dire aussi par quel secret ressort
D'un pôle à l'autre je m'élance?
C'est l'astre de la nuit qui me berce en cadence,
Mais sans contrainte et sans effort.
Il m'attire et je cède, en voguant de conserve
Dans l'espace infini qui s'ouvre devant nous;
Car c'est au fond des cœurs que Dieu tient en réserve
Toutes les libertés dont on est si jaloux.
Et tandis que la mer, par une forte brise,
Avec la grande voix de son flot bondissant,
Jette au rocher, où sa lame se brise,
Ce cri du cœur : *On est libre en obéissant*.

Quand on cède avec joie à l'amour qui commande.
Moi, déjà si voisin de l'âge qui demande
    L'appui du bras d'un jeune enfant,
    Des vieillards ce bâton vivant,
Sur le rivage assis je disais en moi-même,
Ecoutant du remous le bruit accoutumé :
    On n'est libre qu'autant qu'on aime ;
    On n'est heureux qu'autant qu'on est aimé.

Lodève, Typographie de Grillières.

www.ingramcontent.com/pod-product-compliance
Ingram Content Group UK Ltd.
Pitfield, Milton Keynes, MK11 3LW, UK
UKHW021653090726
13657UKWH00004B/1936